鮒叢書第八八篇

歌集

川面の白雲

阿部悦子

現代短歌社

序

――歌の光芒――

島崎榮一

第一歌集『雫七色』出版のあと、早くも六年が過ぎた。前の集には抗癌剤の副作用の歌や疲れやすい歌が多かったが、その後奇跡的に回復して随分と元気になられた。医学の進歩は目覚ましい。医学の恩恵に加えて病を克服する精神の力もあったろう。近年の作品世界は若さと艶を加えている。

駅前のメタセコイアに降誕祭過ぎて正月の電飾光る

月からの地球の写真美しきここに生れしわれを喜ぶ

日の丸の旗を揚げたる家のあり祝ひの思ひのみにはあらず

新年の娘の宣言は結婚のゆめあらずして留学希望

駅前のメタセコイアに電飾が灯った。この木は高木で生育が早い。年末に向けて売上をのばしたい商店街の思惑はもちろんだが、電飾は正月に入っても、尚しばらくの間華やぎを添えている。メタセコイアは別名あけぼの杉と呼ばれ、私の町内にもたくさんある。これに似るものに落羽松がある。水辺を好んで繁殖、周辺に気根を生じる。葉は線形羽状で互生する。一方、あけぼの杉の針葉は対生である。遠目には、いずれも淡緑色の葉をもつ高木で区別がつかない。この歌の魅力は明るい言葉えらびと結句の輝きにあるだろう。これらの歌を見ていると著者の阿部さんは心配や不満をもたない。この地球に生を受けた自分を祝福している。きわめて基本的なことだが、誰もがもてる考えではない。三首目は国旗の歌。元日の街の風景である。下句「祝ひの思ひのみにはあらず」は何だろう。単純に祝日をいわう思い、それだけではないという。近ごろ浮薄になりがちな愛国心を思ったにちがいない。作者のナショナリズムであり、日本人論といってもいいだろう。

四首目は「娘」の登場。新年の宣言は結婚ではなく海外留学であった。私は面識があるが、今まで出会ったこともないような美しいお嬢さんである。

牛蒡などきざみ味噌汁温めて胸の中にも灯火もやす
満身に昼の力をみなぎらせいま太陽は沈まんとする
好物をならべ食卓飾りても夫とわれとの思ひは違ふ

りんりんと鳴く鈴虫の声聞けば夫は涼しとこゑをよろこぶ

味噌汁をあたためて夕べの膳にのせる。しかも汁の実は牛蒡。素朴を歌ってこれ以上の内容はなかろう。下句は胸中の思いだが、上句と呼応して生活力もまた蘇るごとくである。二首目は街並のはるか遠くに今しも沈もうとする太陽である。天空をうすむらさきに染めながら夕日は「満身に昼の力をみなぎらせ」て未だ衰えを知らない。阿部さんの手にかかると見るもの全てが若返るらしい。二首目は食卓を飾って同じ物を食しても「夫とわれとの思ひは違ふ」という。没頭するとき作者は表現世界に、男性は仕事を考え経済中心になるのであろう。当然のことながら作者はそれが寂しいのである。次は昔からの内容であり表現に斬新な工夫があるわけでもない。それでいてこころひかれるのは声調の力であろう。

桜木の軽き花房細き枝に揺られ遊ぶも太き幹あり

色濃くしてかたき蕾は力あり開花したればやさしき桜

日々草乱れもせずに咲き誇り厳しき夏の暑さ過ぎたり

鈴なりになりたる柚子は小さけれど絞れば汁の滴りて落つ

桜の歌である。花の美しさ軽やかさからしっかりした幹に目を移す。四句の「揺られ遊ぶも」がよく見て捉えたところである。自分は遊びまわっているが常に大きな力に支えられている。作品の背後に感謝の思いが隠れている。二首目は蕾の魅力と開花後の花の輝きである。美の差異論といってもいいだろう。ここには多角的な捉え方があって目立たないところに力量がでた。「日々草乱れもせずに咲き誇り」にもひたむきな一人の姿が現れていよう。素材は小粒の柚子であるが、こころの豊かさが見え作者の感受は滴るばかりである。

歌作ることは難し恐ろしきわれしづしづと底辺を這ふ

『雫七色』歌集の頁めくりたるこれは俺だと二人の男

作品の中に「歌」が登場する形を私は基本的にこのまないがこの二首はあげないわけにいかない。歌のむずかしさは珍しくないが「恐ろしき」と歌っている。これはどんな気持ちであろう。短歌には写実という考え方がある。経済的にまずしい時はそれを書く。人を好きになればそれを歌う。歌人は昔から表現することで自らを救ってきた。阿部さんの場合はご自分の老いや病との関わりであろうか。性急に答えは出ないが、一方、小詩型であり、みじかうたであるに過ぎない。「おそろし」とは実に新鮮な立場である。短歌はむかしから一首二首と数えた。人間の首一つと同じ重さで見ていたことになるのか。二首目の男二人は誰だろう。夫とご長男その人であろう。家族間の会話性が出た。

　二、三日寒さのゆるむ日の過ぎて街に出づれば白梅咲きぬ

　朝風にかすかに揺れるかへるでの若葉は未だ汚れを知らず

二月に入ると冬の後半、風はないがしんとした深い寒さを覚える。直接寒さに当たると体によくないが、この季節の澄んだ空気は精神を清浄にする。外に出ると白梅が咲いていた。花の香りが空気を漉すような雰囲気である。言葉のはこびがなめらかで実に自然だ。朝風の歌は若葉の季節。二首とも静かなこ

ろばえであり美しい風景である。

感覚を研ぎたる人の美しさ懸命ゆゑに贅肉のなし

闘志とはけものにも似る鋭さのありと思へどすべて美し

体操の世界選手権か、オリンピックの床運動であろう。感覚と鍛錬を捉え結句の具体がすばらしい。次は「けものにも似る鋭さ」と歌って強引に逆方向にもってゆく。毛ものの鋭さを美しいとするのはいささか無理があるが、自然に読めるから不思議である。

我を出さずただひたすらに古の思ひを面に如何に表す

能面の多くは現世の人でなし亡霊と読めばわれ何に属す

重重しく謡ひし父の若き日も思ひ出されて心底にあり

能面と小見出しがあってこの歌がある。「能」に私性が要らぬことを、私はうかつにも知らなかった。表情に「われ」を出してはいけない。ひたすら古の思いと形を表現することに意味がある。オリジナリティーな性格、そんな小さなものは関係ないのである。能の足の運びは幽霊の歩行に似ている。例えば「平家の亡霊雲霞のごとく押し寄せ押し寄せ」幻が中心なのだ。次の結句「われ何に属す」は格別の味といえよう。謡いをやっていた父の声と姿を思い出す。しかも一時ではなく思いは心底にあって離れることがない。

　会立ててお味噌をつくる月となり緊張したる準備と実践

味噌をつくる会を立ち上げた。味噌づくりの仕事は一人でも出来るが、阿部さんは十数名の人を誘って味噌作りをする。伝え聞く話によると化学肥料を用いず豆作りからはじめて水にも拘りがあるらしい。結句の「準備と実践」に作者の資質が出た。内容的には主婦レベルの瑣末にすぎないが、人間像の輪郭を知っていただくために欠くことの出来ない一首だ。

　人生を長しと知れど今日になり慌てふためき寒風を浴む
　提灯のあかりいくつも寂しげに風に揺れをり花散りながら
　雨降りて水かさ増せば川の面に空の白雲流れてやまず

点いては消え点いては消ゆる蛍火の誇らぬ光われを和ます

これらの歌は巻末近くから抜いた。こころよい内容だが、とりわけ第二首の桜の歌。咲き満ちて散り始めのころが一番いいのだが、このさびさびとした華やぎは何を物語っているのだろう。蛍火の歌も複雑な光を放つ。歌は名歌に近づくと暗さを伴うというから、暗さを含んだ光ともいえるだろう。難病をかかえ持つ阿部悦子さんの歌の光芒を、作品をたどりながら紹介した。いよいよのご精進を祈って序とする。

平成二十六年七月吉日　　窮達庵にて

目次

川面の白雲

術前術後

二通りある手術法われ自身迷ふも医師のこゑはやさしき

手術室看護師みなの笑みありて不安をなくし眠りに入りぬ

眠りより覚めて手術は未だなのか問はんとすれば娘の笑顔

この朝のリハビリわれは辛くなし涙零すと聞きたるものを

はじめての歩行に人の付添ひて目に見ゆるものすべて新鮮

温かき言葉が流れ空気さへぬくもりのある四人の部屋は

ひとり居て風の音さへ心細し足しのばせて鍵を見に行く

いささかの後めたさはあるものの宅配の食今ありがたし

劔岳

手が触れてピクッとしたり動くなと素直になれば即ち安し

物体と同じなり身に意志入れず慣れれば任せて照射正確

駅前のメタセコイアに降誕祭過ぎて正月の電飾光る

月からの地球の写真美しきここに生れしわれを喜ぶ

ふるさとの雪のつもれる劔岳見たしとをればカレンダー届く

少しでも残るはよしと自らに言ひて聞かしむ醜き乳房

風に舞ふ落葉の中を歩きつつ手応へほしきポケットのうち

一本の桜木なれど白霜の寒に向かひて個性強き葉

空気は澄みぬ

重箱におせち料理の菜を盛り菜箸ふるへまだ力なし

白き雲やまに動かずおだやかに新年晴れて空気は澄みぬ

日の丸の旗を揚げたる家のあり祝ひの思ひのみにはあらず

鍋ひとつ洗ひ疲れて水を溜め明日の力を信じて眠る

補聴器を朝の畳に落としたりわれの愛犬齧りてをりぬ

字幕なきテレビの画像見つめれば早く補聴器欲しと思ひき

新年の娘の宣言は結婚のゆめあらずして留学希望

現代の医学は日々に進歩して人間は死ぬことさへできず

お雛様

戦災前一刀彫のお雛さま棚に飾りし母のおもかげ

東北の鄙びた雛を見に来よと嫁ぎし後輩われを呼びたり

幾体の眼やさしき人形を胸に刻みてわれも笑みたし

大迫《はざま》泥人形のあたたかく色はあかるく人も明るし

検査には癌の転移の現はれず肺線維症と病知らさる

抗癌剤の後遺症らし肺線維症癌で死ぬるとどちらがよいか

医師の説明書を夫と娘と読みたれば心配転じ怒りとなりぬ

三月振り外科医は我に手を上げさせ頑張つてるな呟く如く

健康保険

濡縁の下に芽を出すチューリップどの花よりも愛らしく見ゆ

切り過ぎし楓、梅の木寂し気に春の少なき芽を出しにけり

ユーモアのある先生の話聞きわれも笑ひて元気をもらふ

一言の直しのありてわが角度百八十度にも気持変はれり

百を越す通院回数申告の一覧作れば重さにおどろく

健康保険料七十五より高くなる咄嗟の疑問長寿の国は

効薬も長く使へば危ふしと消毒液のみ長くつづけし

掌で洗ふ乳房がいとほしくあとしばらくは付き合ひて欲し

偽装

かひわれの種より出づる柔かき小さき二葉殻をはじきぬ

カサブランカわれとも同じ水を吸ふ蕾開きて満開となる

部屋に置く冬牡丹の木枯れしかと土に下せば新芽が赤し

医師ほめるリハビリ効果ありと言ふ未だ筋肉の弾力あるも

中身偽装比内鶏旨しと人は買ふ社名にも背きなほも許せず

皆が寝てやつと補聴器外したり己と向きあふしばしの時間

めづらしき霜柱立ち庭土に幼かる日に踏みしを思ふ

背延びして窓から見下ろす百日紅こぶの端々新葉出でたり

英文字

足利と新田の戦さありしといふ古戦場の謂れ勝敗書かず

元気だと便りを出せば娘のメール英文字ばかりで四苦八苦す

夕暮の迎へ待ちたる子ども等の足を洗へばわが手も温し

力抜き乳児を腕に抱きたればそのやはらかさ伝はりてくる

砂山のトンネル掘ればわれの指子の指に届きかたく結ばる

玄関をあけたるときに海棠のはなびら舞ひて風そよぎたり

桃色の花は桜によく似れどうなだれて咲く風情愛らし

終り近く身辺整理しつつ思ふ人の要るものかくも少なし

白　樫

杉森のくらく繁れる夏山の裾に早苗田広がりてをり

遊びたる大葉子の穂の茎長くいま城跡に豊かに生えて

白樫の古木裏庭にそびえ立つ白鳥神社の歴史思ほゆ

紅花を商ふ土蔵の白壁に昔の華やぎ浮かびきたりし

宗高は十代にして祈りたる飢饉の村を救はんとして

山道を歩幅少なく登りゆけば肺線維症忘れてをりぬ

紅きいろ死人の唇に塗るはなの値《あたひ》高きと驚きにけり

政宗の茶釜のありて重々し金の茶釜とは異質なるもの

紫陽花のあざやかな色澄む空気汚れを知らぬ村田の里は

なにごとも土地の歌人の好意にて会開かるる心あたたか

久々の友と同室表には語らぬことも言ひて和めり

難　病

皮剝けば昔の感触もどりけり鉄釜洗ひしへちまのたはし

いびつなる茄子を如何にと傷とれば夏の時より旨しと思ふ

前庭のそよげる木々の葉のみどり朝日を受けて我にも届く

病状は何も変らぬことなれど改めて難病と聞けば沈めり

気品あるむらさきの花咲きはじめわれの心も浄化に向かふ

貧しくも喜びさがす人の知恵聖書の中に探せば多し

家境塀を直せば義弟は兄貴が出してくれたと笑みし

野菊

伊賀の里牧場主の説明す椎茸はかく手間のかかると

満天の空に明るき月光の忍者でさへも隠れ得ぬ里

丘の上に並ぶわれらは月仰ぎ世もこれほどに清くあればと

料理長の有機野菜の料理法説明聞けば味さらによし

塀ぎはのつはぶきの花黄の色を放ち道行く人を慰む

寒き朝露地に野菊の咲き乱れしかむるわれの心和みぬ

常緑樹背景にして葉が舞ひぬ街の自然はまだ侵されず

子が遊ぶほどの小さき築山の草に坐りて柿をむきたり

笑　顔

小春日の違ふリズムの鳴き声に仰げば二羽の鳩睦まじき

やぶらんは今年はじめて種のつき薄日の中に黒くつやめく

焼却炉持たぬ市の芥減量を言はれて無駄の多きに気付く

野ぼたんは夜の寒さに堪へ忍び日射しを受けて紫ふかし

南天の実のあかくして葉陰より冷たき風の頬を撫でたり

図書館に寄らんとすればはや日暮れ待つ人ぞゐる家路に急ぐ

貧しき日壁にもたれて二人して唱歌うたへば笑顔もどりし

忍び寄る老の現象家族には悟られまいと笑顔に話す

枯草

老いし船太きくさりに繋がれて並ぶかもめを守りゐるらし

フランス山小さき風車まはりたるわづかな水の流れてきたり

鉢の中朽ちかけたるも胡蝶蘭新芽ふくらみ重き花咲く

咳激し元気あれども迷惑と気力と症状アンバランスの日

アイロンを服に当つれば忽ちにシミ浮き出でて過ぎし日思ふ

冷えきりし牛蒡の味噌汁温めて胸の中にも灯火もやす

枯草の乱れし外人墓地の隅誰ぞ参りし花揺らぎたる

酒の酔ひ快けれどすぐ消えて消えぬ癒しは何かと思ふ

昼の力

直前に出した杓文字の見当らずくるりと廻れば窓の新緑

夫居らぬ暫しの時間われの時気を使はずに趣味に打ち込む

久々の弁当つくり楽しきに明日のおかずの色が浮びぬ

旨きかと答求めて顔を見る気短き人の笑顔素晴し

料理本一品好めばすぐ買ひぬ己の頭のなんと乏しき

二人揃ふ食卓なれどつい討論今後の政治あるべきに走る

結論は未だつかずもこれからの世は若き等に譲るべきなり

短歌には誌上に載せたき歌もあり心にかくしおく歌もあり

満身に昼の力をみなぎらせいま太陽は沈まんとする

好物をならべ食卓飾りても夫とわれとの思ひは違ふ

空豆の白地に紺の花咲けば支へを立てて晴るる日を待つ

胡瓜と人参

指導受け一週間ぶりに行く畑芋の葉茂りきうりの花咲く

青空の下にみどりの畑あり諸手をあげて深呼吸する

貸し農園あたれどすぐにわれ行けず夫喜びて自転車走らす

日除け帽手甲はめれば農婦なり胡瓜の畑に一日過ごす

成長の早き野菜の茄子胡瓜見れば呆然としてはをられず

採りたての胡瓜四、五本すぐさまに切れば刃先に雫光れり

梅雨明けて日々に水やり必要と朝早くよりうずうずしたり

農家から見ればままごとするごとし三十平米こころを癒す

われよりも早く畑にくる人の土は黒ぐろ負けてはならじ

赤かぶの根の出でにけり指先で湿れる土を被せてやりぬ

人参の土から出でし細き葉に如雨露の水をあてれば愛し

木造の学舎

間近しと車窓に映ゆる学舎は昔どほりの木造なりし

あの校舎車中の友に伝へるも思ひはわれのみ幼き時代

睡蓮の細きはなびら装ひてたとふれば学生時代の開花

立山連峰雲に隠れて見えぬとき県人なれば雲を削ぎたし

同室となりしいくたり富山米旨しと聞けばこころ安けし

鈴虫

送り来し野菜の中に籠ありて長旅をせし鈴虫動く

長旅に弱りし虫と強き虫一尾は朝の籠に動かず

朝の水噴霧をすれば立ち向かふ強くなる虫弱きを襲ふ

鈴虫のひげふる籠に鰹節と茄子を入れれば涼しき声す

ある朝に鈴虫はみな籠を抜け姿の見えずいづこに行きし

わが床や座布団の下に動きをり鈴虫は籠の中を好まず

りんりんと鳴く鈴虫の声聞けば夫は涼しところゑをよろこぶ

孵化のこと飼育の仕方聞きをれど明日は草に移してやらん

くさにはの鈴虫たちは東京の夜露を吸ひて安堵の時か

ぶつかりて外に出たれば風船が笑ふごとくに舞ひ立ち行きぬ

からからと風に散りゆくけやきの葉朝日を受けて光を放つ

木洩れ日にまばゆく光る白壁の家ありなぜか力満ちたり

古写真整理をすれば同じ服ばかり着てをり服買はざりし

何枚も同じ仲間の写真あり亡き人はいまこころに沁みる

血管

検査棟重苦しくも窓ガラスに貼らるる花は心を癒す

早朝の検査はあはれわれ一人仲間の居らぬソファーは苦し

病状をこまかく話す人のあり今日の己は話聞くのみ

久々の検査の技師に挨拶し弱きこころを言へばほほゑむ

血管の出ぬ左腕さし出せば看護師困るも右手は書く手

電灯の暗き地下室検査慣れしたる仲間はこゑのあかるし

本日の一割負担の額見ればかかる医療費五万は越える

甘唐辛子形悪しくば配れぬと陽に干したれば赤く染まりぬ

迷ひ来れば甘い香りの金木犀この周辺の空気美し

切り抜きも裏面の記事に興味あり期日を過ぎて尚捨てられず

あまりにも公約多くあり過ぎて期待したいが実感湧かず

収穫祭

大根と蕪や水菜とはうれん草ブロッコリーの緑たくまし

収穫祭一品持ちよりわれ作る料理旨しと聞くは嬉しき

収穫祭男性達の多くをり黒くかがやく笑顔素晴し

娘の出でて二人の食事淋しきに今朝の好物柿の皮を剝く

電話せよわれに押しつける夫の声ここで己はぐつと堪ふる

食生活気になり娘に助言する反発予想も今日はハーイと

一人立ち親離れせし娘なれども夕べになれば電話かけたし

ストーブにのせし弁当四時間目匂ひ漂ひ腹さわぎたり

セーターを再度編み変へする母の軽き手先は貧しさ見えず

火鉢にてトマトのジャムを作りしを今われ作り母を思ひぬ

蒸し鍋のガラスの蓋を眺むれば秋の野菜のみどり美し

命あるもの

裸木の枝の切り口新鮮に春遠けれど新緑浮ぶ

美しき紅ではなくも日の差せば葉の表うら風にきらめく

草取りの鎌で搔き寄せ表面はきれいになれど根は深くあり

出でくる虫指で潰せと教はるも命あるものの涙が落つる

畑から上つて来たといふ人の輝く笑顔にわれ背を伸ばす

暗譜せよ口伝難しき譜を見たり好きと習ふは別と思ひき

罨法と同じことかと加湿器の霧に口開け病進むな

極限の体力なるも後向き夫には笑顔見せたしと思ふ

畑仕事

椋鳥のキャベツ旨しと啄みて収穫はみな半切りばかり

梅干の笊に大根さまざまに切りて拡ぐれば畑のにほひす

街ゆけばブロック塀の間から野菊が見えて吹く風さむし

一年は続けられるか畑仕事それでもよしと申し込みをす

緑の中育ちの中に身を置けば病のことは嘘のごとくに

門松と国旗少なき正月も顔合はせれば挨拶かはす

自信なく人の二倍は動けぬとりんご差し出し剝くを願へり

できないと言つて見せずに時過ごし体力落ちて後の祭と

歌作り

クリスマスローズの花は俯けりわれに無き様心ひかるる

人の世はまこと煩はし前庭にすずらんと万の水仙咲けり

幸輔歌碑沼の辺《ほとり》に建つといふいつか訪ねたし深き木の下

最終日確定申告書提出す寒き戸外は長蛇の列に

草原に腰をおろして申告の用紙拡げる若き人あり

寒き風吹きて曇れる空見れば苦しき者はわればかりでなし

歌作ることは難し恐ろしきわれしづしづと底辺を這ふ

花と黙想

満開の桜の花に癒されて今日の終りを穏やかにする

桜木の軽き花房細き枝に揺られ遊ぶも太き幹あり

満開の花房たわわな道をゆく華やかなるもおごるに見えず

色濃くしてかたき蕾は力あり開花したればやさしき桜

庭を這ふ小さき虫や草たちもしやがみて見れば輝きてをり

帰還兵脱帽をして謝りし幼き目には不思議なりにき

解釈は二通りにてその中の善しを選びて気が楽になり

新しき検査は如何にと直前に黙想すれど何も浮かばず

弟逝く

弟の心臓機能停止といふ病院遠く焦りくるなり

破裂する瘤は肺をも突き破り苦しき時間みじかく逝きぬ

身動きをせぬ弟の寝台車「これ、朝だよ」と声をかけたし

父母の側に迷はず行けといふ愛の少なき弟の生涯

先生は何話したか聞きたがる手術はせずと言へば頷く

悔いの無き介抱せしと思ふときまた悲しみは甦るなり

ひとときの破裂に思ふ死に方を教へ示しし弟よああ

弟の遺品を見れば聖書あり縋る思ひで生きてゐたのか

前日に素直にわれの言ふを聞き言葉少なに答へてくれし

兄姉に見守られつつ静かなり春晴るる日の質素な送り

蕾折れ花瓶にさせば葉の緑水吸ひ上げて花咲かんとす

体操

板の間に茄子の山あり漬ける桶豊かなりしと幼き時代

夏となり梅のジュースの作り方はや忘れたり同じ事聞きぬ

ほつといて！苦しまぎれに言ひ放つ人に頼るも下手な己か

スピーカー体操の唄流るれば近所の家の鶏鳴けり

校庭に着くまで二十分早足もこつをつかめば苦しくはなし

飛ぶ体操屈伸に変へ筋強めなまくら体操とわれは思はず

仰向けの体操すれば街路樹の無数の若葉輝きにけり

かるがもの親子泳げる映像の別所の沼の幸輔の歌碑

繊細な命

咲きてすぐ色の褪せたる山梔子の眼閉づれば甘きかをりす

水増せば川面は広くなりにけり水細き日の緑は深し

乱れたる緑の草のそれぞれに繊細な命しみじみと見つ

野菜ジュース朝の畑で採れし物われは威張りぬ家族の前で

政界のかけひき見るに心落ち高校野球見つつ救はる

保険税

久々にうた見せたれば弟は幽かに顎を引きて頷く

後期高齢薬もらへば払ふ金高額になり生きるも難し

後期高齢者保険税高く三期分ひと月で払へは無理と申し出

二年目の新しき品種大き花一冬隠るるも期待に反せず

鉢に植ゑ敷石の上に置きたるもいつか根を張り我動かせず

弟の逝きしことなど口にせず元気でゐるかと聞かれて辛し

結社「鮒」で短歌を書くと言ひし時喜びくれし叔母も逝きたり

直前の見舞ひは天の計らひとひとり思ひてこころ安らぐ

山茶花

日々草乱れもせずに咲き誇り厳しき夏の暑さ過ぎたり

藪蘭のむらさきの花瑞々し猛暑を過ぎてさはやかに見ゆ

晴るる日の畑に出づれば病もつ辛さ孤独も忘れてをりぬ

畑にて採れし野菜は重かりしトマト人参買ふとは違ふ

歩きながら作りし歌のことば消え良き表現は幻のごと

あはれ枯れ今年は花のつかぬかと思へど葉蔭に山茶花一つ

朝捕りの魚の料理はあつさりと疲れしわれの心身癒す

普段着の宿のおかみの朝の顔われも安らぎふるさと言葉

沼の歌碑

曙杉あかく枯れ立つ沼のみち歩き歩きて歌碑を探しぬ

をりをりに風のさざ波立つ沼の寒き日なれば訪ふ人のなし

黒松は北アルプスを越えにけりふる里の松庭に根おろす

庭師の出富山の人と聞きにけりわれの為にと黒松運ぶ

水良ければ育ちたるかな黒松の針の葉も緑深くなりけり

暗くなり寒くなりして体操に向かふわれらは特殊な人か

痛覚も苦しきことも薄らぎて老の一つの形と思ふ

医師のいふこれで何にも感ぜぬか数値と感覚違ふものらし

家庭排水汚れ少なくする為に物を質素にわれれ使ひたし

電話での問答できぬ日もありて意志の表現書くことにあり

朝の畑

祝ふこと無くも何時もの重を出し菜を入れれば一日の休み

段々と手伝ふこころだれに似る什器を拭くも丁寧な娘

汁の菜を自転車走らせ採る朝の畑を踏めば霜光散る

鈴なりになりたる柚子は小さけれど絞れば汁の滴りて落つ

畑に出て体やすめるひとときを夫は徘徊と言ふが違ふよ

多剤耐性感染症の耳痒し医師は思ふほど進行なしと

茶の箱に一合枡の入れてあり暮の豆買ふわれも昔人

時流れ米虫知らぬ今の子らに見せたし終戦直後の街並

菜の花

学問はいらずと本を伏せられて風呂敷につつみ上京したり

菜の花を思ひ浮べて白菜を一株鉢に植ゑたり今日は

目と鼻に痒み出でたりゆく春の感染症は耳より飛び火

眼科にて精密検査受けたるも菌見当らず春の病と

昼前は家事に勤しみ午後よりは臥すこと多くなりたりわれは

熟睡と食欲あるに助けられ朝しばらくは事なく過ぎぬ

百歳を何度も生きねばこの災害に出会ひはせぬと津波恐ろし

電灯の紐動かねど腰かける体に微かな揺れが伝はる

復興

家事離れ一週間はわが休暇平気で言ひたるわれに驚く

蛇行する道と田畑の静かなりやはらかき春の匂ひぞとどく

菜の花の畑の中の人となり写真に見たる健康なわれ

朝早く道を通ればさざ波の田に風ふきて苗の揺らぎぬ

やがて来る終りの日まで明るさを失ふまいと心するなり

長時間ベッドに臥して起きたれば夫は安堵の顔を見せたり

大震災起きて地球の科学者のこころ思はむ世界は一つ

瓦礫の山復興は遠きことなれど気弱き我も信じて生きたし

森の雨

雨あがり野川の水の引きにけり草はみどりの姿現す

うたを詠む前に夏草刈り伏せんか弱き草の強さを知らず

熟睡し震度４にも目覚めずに最後の時も知らずに逝くか

菜の種類われはわからず十日たち育ちて見れば立派な個性

高き木の茂れる森の雨あがり蛍ぶくろのさはやかに咲く

娘らの帰れば音量低くしてわれは二重の人格持てり

人工の乳房つければ形よし欲を包みて恥づかしくもあり

朝の水

店頭の野菜はかたち整へどわれの育てしいびつ愛らし

人参の細々とせる葉の出でて路に零れて生えし幾株

朝の水細々とせる葉のために寝惚けの今日も畑に走る

鋳割れし畑のトマト採りたればその重たさに味の伝はる

ひとかげの見えぬ畑は現代の喧騒忘れ昔を返す

空芯菜空洞の茎硬けれどきのふ葉を摘み今日また新葉

声変りしたる校歌の響き受け若き日思へば胸の高鳴る

わづかなる庭の樹木は例年に勝る勢ひ青葉誇れり

望　郷

ゴムの木の鉢が重たし何故かとなりの鉢に太根《ふとね》をおろす

望郷の念と安価に誘はれて不安はあるも夜行バスに乗る

空気枕懸命に吹けど膨らまず己の病の程度を知りぬ

雨あがり連峰の頂見えはじめ劔の姿雄雄しくも見ゆ

あれが劔あれが立山指したればよく忘れぬと友の言ひたり

下駄履きの儘に咄嗟の案に乗りトロッコで行く劔のふもと

山ふもと木立繁りて人見えず湧く露天湯に足を温めつ

夜行バスのトランクの中で鳴く虫の聞えぬわれの心に響く

採りたての茄子刺したれば大き穴あけて鈴虫元気に動く

諦めと復興の夢比ぶれば復興の思ひはるかに高し

詰草の夢

いただきし韮に混れる詰草の夢果てしなき少女の時代

留守中の電話は明るき声といふ軽く見過ぐし終にも会へず

夢に出る早く来よとぞ耳元で次の世はさ程に苦しからず

年経るか昨日怒りし同じこと今日は疲れて言はぬも安し

映像を見ればなつかし瀬戸物屋昔の瓶に味噌を入れたし

留守電

非通知の電話受くるも恐ろしと受話器取らねば留守電は姉

辛ければ見舞ふことさへできぬ今姉と二人で唄口ずさむ

亡き母が編んでくれたる純毛をああ羽織りたし寒き朝に

一文字の口には母の怒りありありわれは幾度しばられにけり

言ひわけは何も聞かずに薄暗き倉に入れられ鍵かけられし

不思議なり昨日あれ程萎れても甲斐甲斐しきは朝餉の仕度

白飯の上に乗せたきもの多し病ありても食欲うれし

一七〇血圧高し家にては低しと言へど医師は信ぜず

能面

我を出さずただひたすらに古の思ひを面に如何に表す

能面の多くは現世の人でなし亡霊と読めばわれ何に属す

街灯の少なき道を歩みつつ見て来し面のいまだ忘れず

重重しく謡ひし父の若き日も思ひ出されて心底にあり

何を彫る何を詠ふと思ふときその深きにぞ似るところあり

診断

冬山のパネルはわれの三十代幼顔してアイゼンつける

『雫七色』歌集の頁めくりたるこれは俺だと二人の男

芋蔓のやうに山行思ひ出し足おとろへて今は望めず

前日の血液検査異常なく特に腎臓良きは誇らし

皆外せ補聴器だけはその儘に指示よく聞けと医師は言ふなり

局部麻酔痛くないかと聞きたれば血管は神経通りてをらず

診断は手術は避けて投薬に大きなリスクなければ安心

腎臓心臓美しければ乗り切れる日常生活のコツを編み出す

処方箋見れば狭心症とある死ぬほど苦しき思ひは知らず

逞しき胸の鼓動の波うてり体の不思議大きたまもの

力むなと小さき己叱りたき自然に委ねしばらく遊ぶ

白梅咲きぬ

常備する入院用の風呂敷を開けば己のセンスに満足

家事の無き入院なれど次々に検査のありて自由にならず

心電図これで何でもないですか測定する人わが顔を見る

着替へする朝には髪の乱れなど見せたくはなし一時なれど

二、三日寒さのゆるむ日の過ぎて街に出づれば白梅咲きぬ

かへるでの若葉

暖かく午後は棚引く白き雲立山連峰の上空に見ゆ

手を上げて乗れば車の運転手打ちとけて話す病持つとぞ

様様な思ひはあれどわが笑顔人のこころにひびくとぞ聞く

朝風にかすかに揺れるかへるでの若葉は未だ汚れを知らず

街路樹の葉が朝の日に輝けば生きる覚悟を備へはじめつ

疲れ果て家事を逃げたし義妹と夕べの街に食事に行きぬ

辛さゆゑ長き昼寝をむさぼりぬ真夜中のわれ黙想のとき

安眠を妨害せねばよしと思ふひとり起きたりもの書く時間

初　夏

精神の体内時計止るまで捨て身にならずわが身を愛す

わが坐する側に立ておく姿見の昔は着付け今背を写す

逆転のものの見方のうたを読み心の幅を持たねばならぬ

若き日の初夏に一人の青年の心潰ししわれの愚かさ

盲目の面《おもて》気高し難聴のわれの卑屈も矯正されたり

音量を家族にあはせあらすぢを読めば等しい目線で笑ふ

鞄の中の携帯のベル聞えずに仕事に夢中か難聴故か

仮面被りやまひ隠すも時に辛しひとと離れて己に返る

期　待

墓参りの理由に家を出でしわれ兄の家にて病癒しし

南国の空気清浄われもまた咳をさまりてのどかな昼間

蜂の巣を見つけしわれは殺虫剤持ち出でてすぐ噴霧をしたり

日当りに持ち出せぬ大き鉢ありて今年は大輪の花は開かず

かかりつけの医師に戻れば病む者の期待裏切る病院の指示

忙しと夢中になりて力尽きわれの頑張りも人の迷惑

節電と意識はせねどクーラーを止めて扇風機使へば涼し

日本海に放射能もセシウムも流れてはこぬ富山の海は

闘志

外に出れば秋風の吹く気配して髪かきあぐる美人のごとく

傾向のちがふ三冊の歌集読み己の特徴身に付けたしと

感覚を研ぎたる人の美しさ懸命ゆゑに贅肉のなし

体格も小さき国の民なればたましひと技繊細にあり

闘志とはけものにも似る鋭さのありと思へどすべて美し

胸つまる思ひは強くひびくゆゑ胸を押へて闘ひを視る

心配と元気なわれに声かけるわれの元気は偽りなるか

毎日の収穫は他人ごととなり久々に歩き畑見るのみ

変はりたり去年は作業と今散歩気付かぬことが新鮮に見ゆ

見慣れたる「洗いの匠」といふ看板心し見れば外注したし

暗雲の奥より夕日射したれば明日はきつと明るく晴れよ

薪能

宵深まり冴え冴えと照る月光の今宵の薪能胸を震はす

赤々と夜空に火の粉散らしつつ舞はじまれば鼓動納まる

洋の舞和の舞おりなす舞なれば激しき動と静との調和

歓待を受けつつ感謝するわれも午後半日は独りで居たし

墓参り雨の降りたり花挿すも蠟燭、線香、挨拶端折る

手を合はせ頭を下げるだけなれど安堵の気持胸中に湧く

一食づつ組みし薬を忘れ来て速達で送れとわれは我儘

生れるは簡単なりと多くはいふ死ぬる難しさ知りて恐れつ

百円喫茶

老木の梅の枝々枯れたれば無理はするなところをかけたし

直し直し使ひし器具に仕舞あり人も最後の時は来るなり

名を言へば値低しと思ふだに百円喫茶読書にはよし

人生を長しと知れど今日になり慌てふためき寒風を浴む

命継ぐ明くる年には生まるるか鈴虫のこゑ夕べ途絶えし

健　診

最終の整理は家族の要らぬもの捨てていきたし今ある内に

束の間のよろこびなれど術後五年精密検査癌見あたらず

次の検査一年後とぞよくなりぬあと五年にて放免あるか

何時もより言葉の多き医師なりき帰りてわれも話がしたし

五年間よくぞここ迄生きて来しともあれ医師に今は感謝す

健診の血液検査全てよし男二人のそれとは違ふ

指示通り塵は出したと夫のこゑ独り旅でも夫は許しぬ

電車より降りる夕べの人びとは都会人とは違ふのどかさ

押絵の羽子板

夕暮の茜の空の美しき鋭角の屋根浮き出せばなほ

ずるずると病と付き合ふ日々なれど炎の消ゆる迄は素直に

単独の出歩きすればほつとする徘徊の気持われには解る

気遣はず耳栓はづし痒み止め苦しき顔もわれだけのもの

何もなき終戦直後のわが家に押絵の羽子板華やかなりし

新職場に疲れてゐるかことば荒れぐつと受けたる己も辛し

義妹が収穫してきし小松菜をわれは地主のやうに受け取る

異母兄妹母の臥せれば天麩羅蕎麦頭合はせて持ちくる大晦日

自然環境

寸時の差外出できるか入院か一歩手前で外で歌詠む

少時でも元気になれば新しき料理番組すぐ試したし

買物に共に行きたき息子あり誘はんとして素直になれぬ

夫よりもわれの欲求解るらし寒いと言へばストーブを買ふ

会立ててお味噌をつくる月となり緊張したる準備と実践

われの強さ批判する人多けれど受けたる言葉われ大切に

自然環境悪くしたくなし足元の小さき努力最後の仕事か

時期はづれの苺ふた粒愛らしき赤き実をつけ若返りたり

外装

春一番吹けども朝の北風に思ひもよらぬ白梅咲きぬ

追ひまくられ停止をしたきわれなれど今日も走りて己失ふ

海棠も苺の小さき白花も春を忘れず日に日に育つ

外装の幕を張りたり曇天の部屋より出れば陽は燦燦と

遠目には白きさくらか大木の木蓮か日に映えて咲きたり

川面の白雲

提灯のあかりいくつも寂しげに風に揺れをり花散りながら

雨降りて水かさ増せば川の面に空の白雲流れてやまず

川のほとり小さな喫茶店われによし疲れし時は珈琲を飲む

外壁塗装まはりの幕にふれながら海棠のはな力を示す

春の日は何処へ行きし短かる明日を思へば無駄にはできず

世話もせぬ小庭の草は春を待ち偽りのなき花々咲かす

庭草のそれぞれ違ふ葉なれども個性の輝き喜びに満つ

八重桜の房なす花の咲き満ちてわれの胸中重きを感ず

桜並木の果ては野川の公園の小山に子等の歓声を聞く

芝原に大の字に寝る大人等の回りを走る子どもらのこゑ

草を摘む二人の姿睦まじくわれも夫と野に遊びたし

嗄れごゑ

緑にはかくも様々の色あれどみなぎる光いづれも尊し

満開の白きつつじの一枝を乞はれてわれも瓶に活けたり

試しにと宅配の弁当とる夫にすまぬ思ひと安堵の一日

真夜中に目覚め厨に立ちたれば忽ちにして心から主婦

娘に会ふを体調悪しと断られ一人もよしと王羲之を観る

締切りの過ぎて勝手なる申し出に優しき言葉戴きにけり

みづからの嗄れごゑに驚きて話し続ければこゑ改善す

わが文章読めば漂ふ傲慢の外から見ゆる内なる思ひ

深大寺

町角を曲ると父の謡のこゑ恋しき声のまぼろしにあふ

静かなる街のはづれの森の中古き舞台はつつましくあり

降りる駅二つ間違へ下車したり歩きに歩き子規庵探す

迷ひ来て創業古き団子やに腰を降ろせば子規庵はすぐ

平日の早き閉店そば処深大寺はもう眠りに入るらし

無患子の実は落ちにけり夕暮の地に堅き種われ拾ひたり

淡々と見えて蛍の火は飛べり池のほとりの足場も見えず

放したるホテルの蛍とは異質なり幼きころの小川のほたる

土壌改良農薬検出ゼロになれば蛍が住むと人のいふなり

緩やかに光を点す蛍あり静かにとべとわれも黙しぬ

点いては消え点いては消ゆる蛍火の誇らぬ光われを和ます

農薬の検出多き地域といふ元にもどせと切なる願ひ

啄木の旅

ひとたびは諦め自信とりもどし山に出かけて事なく過ごす

天候の異変ありしもわかくさの向かうに雪の岩手山見ゆ

観光は無理と思ひしが歌碑めぐり全て歩けて喜び湧けり

蛇行する北上川の水ゆたか懐大き温もりのあり

紫のあやめの花が川岸に咲き乱れたりシャッターを切る

歌碑めぐり暗誦したる若き日の心に残る数々のうた

貧しさと望郷の念に感傷す知らざることの幾つかありぬ

幼き日この地に住むと同室の先輩われに懐かしく話す

記念館入らず見渡せば啄木の渋民尋常小学校ありぬ

銅像の教へ子と背を同じくし語れる姿親しみ深し

バスは長き若葉の下を走りたり深呼吸すれば緑のにほひす

サイロあり牧草広く豊かなる村と思へど貧農といふ

若き日の感傷はあり岩手山みどりの中に埋れてをりぬ

苦瓜の階段

体力は終まであると信じたり子規に似るとは不遜なれども

一間半ほどしか見えぬ庭草のただそれだけの世界は広し

収穫の茄子やトマトは食べきれずさて本日はどなたに上げる

終ひ頃の胡瓜は歪み皮剝けば匂ひ清しき老いてはをらず

トマト喰ふ兜虫をりその場にて潰せと言はれ心せつなし

猛暑日の続き畑のお化け茄子切れば包丁の手応へ楽し

養分を与へ過ぎたるゴムの木の歪になりて子育てに似る

苦瓜の伸びたる蔓を階段の手摺に巻けば黄の花の咲く

風の盆

同行は静かにとだけ娘に言へば三日の旅も急ぐことなし

穏やかな坂を登れば苦しきに娘は焦らずに薬を出しぬ

もの悲しき胡弓の音いろ力なきわれの心は安らかなりし

此の度の晩夏の旅はわれのため無理せぬ計画娘は立てくれし

病むわれに添ひて腰かけ長時間娘も仕事から一服の日か

体育の試験におわら踊りあり今日にすれば手も足も動く

松葉牡丹花は終りと思ひしに今朝また多くの花をつけたり

三ケ所で鱒寿しを買ふ娘の姿見れば好みも分からずにゐし

作法

発声を促したきと習ひたり謡ひのこゑ出す腹の底から

六回の講座の後の発表会朗々のこゑと言ひし人あり

聞きて知る父の鶴亀よみがへり懐かしきこゑ違和感もなし

補聴器が壊れ説明聞こえずも先生の謡身に浸みわたる

大舞台謡と仕舞演ずると聞けば身ぶるひするほど楽し

家を出でし娘の部屋を稽古場に動きも音も控へめなれど

手と足の動き同時に覚ゆるを出来ず老化の進むを知りぬ

切り戸口潜れば何も見えずして正面に座り身動き出来ず

鶴亀の出だし一節謡ひだす波に乗れれば心も軽し

作法とは人を尊ぶことと知る眼前に見てわれ納得す

発表会終るも毎日ＣＤを視たし聞きたし向上したし

あとがき

一冊目の歌集『雫七色』を出版して六年余りが過ぎた。ここに夢見ることも不可能と考えていた二冊目の歌集の出版を眼の前に控えている。この間、身内の健康状態の急変、わが身の病の進行、難聴による外的閉鎖、世の中の政治経済の変貌、また自然破壊。諸々の負が短歌に思いを駆り立てる要因となったような気がする。

ここ数年、発表する歌の数が増えた。向上したかどうかは別として、折々に考えることが多くなり、自分なりに日々努力もしてきた結果と思う。病からくる弱さと前向きに生きようとする活力とのアンバランスを解き明かそうとも思った。社会の変化を書き留めておきたいとも思った。身内の病に悲しい思いもした。一方、自然の破壊されていく中で、昔と変わらぬ環境をみたとき心が躍った。明日の生命のわからぬ日々、娘に何を遺せるのかと考えた。こんな中で島崎先生が背を押してくださることに自信を持ち、二冊目の出版が実現できたのである。

病は体内にあって、狭心症の朝の発作は日常となり、投薬後、半日は元気を保ち昼ごろからよれよれになる。気分転換に外出すれば体が軽くなる。数時間椅子に腰掛けていればその後はまた家事に勤しむ。間質性肺炎の咳も医師や家族に心配をかけながら、持ち前の活力がものをいうのかあまり大事には至らない。

最近、観世流梅若派の加藤眞悟先生のもとに通って謡と仕舞の勉強をはじめた。先日、初心者ながら発表の場に立たされた。思いがけず会場に知人が来ていた。評価はすごい度胸ねとの褒め言葉、自分自身は懸命に稽古をつけて下さる師への恩返しと能舞台に立つ格式に対する力みだと思っているが、いざとなれば思わぬ力も出てくるものと自分を良い方向に受け止めている。

身内では弟が病の床に逝き、姉が筋肉の萎縮する病から体調悪化、救急車に搬送され意識は別人になった。兄も年相応の病を得ている。四人兄弟姉妹はおよそ同じ時期に生涯の決算期に向かっているということであろう。短歌に興味をもつようになってから自然の美しさを知り、人の温かさに触れ、懸命に生きてきた。反面、思いの中に艶が出てきたとも思う。どんな健康な人でも百三十歳になれば体内の時計は止まるらしい。見方を変えれば誰しも百三十歳まで生きる可能性があるということだ。未だ五十年余りある、何と楽しいことではないか。細胞も死ぬものあり、生まれる細胞ありと生死を繰り返す。未知の美を探そうとも想う。作歌の技術を高めたい。社会の変動にも真剣に向き合っていかねばならないと思う。己の心の映像を的確に捉えたい。花鳥風詠にならないように生活と環境を見るように細心気配りをして来たが、なかなか思うようにいかない。

作歌はこれからも先達の歌集を読み、歴史的秀歌に触れ自分の作歌の手本としたい。未だ行く道は遠く力が湧いてくる。夏雲の向こうは紺碧の空。強風が去れば洗われた自然が現れる。目の前の躓きは気にすることではない。

難聴と病から、人への迷惑を考えることもあって、歌会や集まりに出席することが少なくなった。私の歌はほんとうに拙く、読んでいただくには申し訳ないが、しばしの間、一人の人間としての数年の歩みを読み取って頂ければ幸いである。読んでいただいて一言なりともお声を聞かせていただきたい。私にはあとどれだけ生きられるかは解らないが、一歩でも前に進めるような日々でありたいと願っている。

題名は『川面の白雲』としました。集中に「雨降りて水かさ増せば川の面に空の白雲流れてやまず」があり、この歌からとりました。川はいつも散歩している自宅近くの野川です。

島崎先生には「鮒」短歌会に入会以来、なにも解らない私を優しくわかりやすくご指導いただき育てて下さいました。この度も選歌は島崎先生に見ていただき、改めて四七三首を選び二冊目の歌集を編むことが出来ました。湯沢先生には毎月の歌の提出が遅れる度に清書をして頂くことがありご恩を頂戴してきました。また東京歌会では関場瞳さんのお世話になった楽しさも忘れることが出来ません。校正は根岸雅子さん、太田豊氏のお手を煩わせました。家族にもわたくしの作歌と我がままを思う存分にさせてもらい感謝しています。

出版に当たり最後になりましたが、造本その他お心くばりのうえ美しく読みやすい歌集に仕上げて下さった現代短歌社の道具武志社長、今泉洋子様に大変お世話になり有り難うございました。併せて厚く御礼を申し上げます。

平成二十六年六月吉日

阿部悦子

歌集 川面の白雲　　射叢書第88篇

平成26年9月26日　発行

著者　阿部悦子
〒184-0013 小金井市前原町5-2-45
発行人　道具武志
印刷　㈱キャップス
発行所　**現代短歌社**

〒113-0033 東京都文京区本郷1-35-26
振替口座　00160-5-290969
電話　03（5804）7100

定価2500円（本体2315円＋税）
ISBN978-4-86534-047-1 C0092 ¥2315E